Día de la Independencia

Lori Dittmer

semillas del saber

CREATIVE EDUCATION • CREATIVE PAPERBACKS

Publicado por Creative Education y Creative Paperbacks
P.O. Box 227, Mankato, Minnesota 56002
Creative Education y Creative Paperbacks son marcas editoriales de The Creative Company
www.thecreativecompany.us

Diseño de Ellen Huber
Producción de Colin O'Dea
Dirección de arte de Rita Marshall
Impreso en los Estados Unidos
Traducción de TRAVOD, www.travod.com

Fotografías de Creative Commons Wikimedia (Emanuel Leutze/Metropolitan Museum of Art, John Trumball/United States Capitol), Getty Images (Jonathan Rehg/The Image Bank), iStockphoto (C5Media, Creativeye99, ferrantraite, ffranny, gilaxia, GlobalP, IrenaStar, KatSnowden, Valerie Loiseleux, mvp64, Nikada, Pekic, SKLA, TasiPas), Shutterstock (flysnowfly, Oleksandra Naumenko, Tatiana Popova)

Información del Catálogo de publicaciones de la Biblioteca del Congreso is available under PCN 2019957349.
ISBN 978-1-64026-445-8 (library binding)
ISBN 978-1-62832-980-3 (pbk)

TABLA DE CONTENIDO

¡Hola, Día de la Independencia! 4

¿Cuándo es el Día de la Independencia? 6

Símbolos de la festividad 8

Lucha por la libertad 10

Firma de la Declaración 12

Comidas de la festividad 14

¿Cómo celebra la gente? 17

¡Adiós, Día de la Independencia! 19

Dibuja el Día de la Independencia 20

Palabras que debes saber 22

Índice 24

¡Hola, Día de la Independencia!

Esta fiesta americana celebra la **libertad**.

La gente en los Estados Unidos celebra el 4 de Julio.

Las banderas americanas son rojas, blancas, y azules. El 4 de Julio hay banderas por todas partes.

En 1776, los Estados Unidos estaba formado por **colonias**. Estaban en guerra con Inglaterra.

Ellos querían ser libres.

Un grupo de hombres escribió una declaración. La llamaron la Declaración de Independencia. La firmaron el 4 de julio.

Hoy, la gente come afuera el 4 de Julio.

Miran desfiles.

Las bandas tocan música. Los fuegos artificiales iluminan el cielo. La gente agita banderas.

¡Adiós, Día de la Independencia!

Dibuja el Día de la Independencia

bandera americana

Campana de la Libertad

fuegos artificiales

águila calva

Palabras que debes saber

colonias: áreas controladas por otro país

libertad: el derecho a actuar, hablar, o pensar como uno quiera sin ser controlado

Índice

Declaración de Independencia 12

época 7, 8, 12

historia 10–11, 12

Inglaterra 10

libertad 6, 11

símbolos 8, 17

tradiciones 14, 15, 17